MW01477186

Sam Chapman P.S.
270 Alfred Paterson Dr.
Markham Ontario L6E 2G1

Pour l'amour de Claude

Ce livre est dédié à la mémoire de Claude Oscar Monet, qui nous a transmis, à nous et à nos enfants, ses formidables impressions de lumière et de couleur.

Avec mes sincères remerciements à John Neylon, conseiller pédagogique à la Art Gallery of South Australia, pour son aide précieuse.

© 2001 Brenda V. Northeast pour le texte et les illustrations.
Tous droits réservés.
Publié pour la première fois en Australie sous le titre "For the love of Claude"
par Hodder Headline.

© 2004 Mango Jeunesse pour la présente édition
ISBN : 2-7404-1844-2
Dépôt légal : octobre 2004
Loi n°49-956 du 16 juillet 1949 sur les publications destinées à la jeunesse

Imprimé en France par PPO Graphic, 93500 Pantin

www.editions-mango.com

Brenda V. Northeast

Pour l'amour de
Claude

Adaptation française : Didier Dufresne

MANGO Jeunesse

Le petit ours s'éveilla en souriant.

Il s'appelait Claude.

Il tendit la patte, essaya d'attraper les
rayons du soleil à travers la porte-fenêtre.

« J'aimerai toujours la lumière »,
se dit le petit ours.
Et il passait tout son temps au jardin,
en plein soleil.

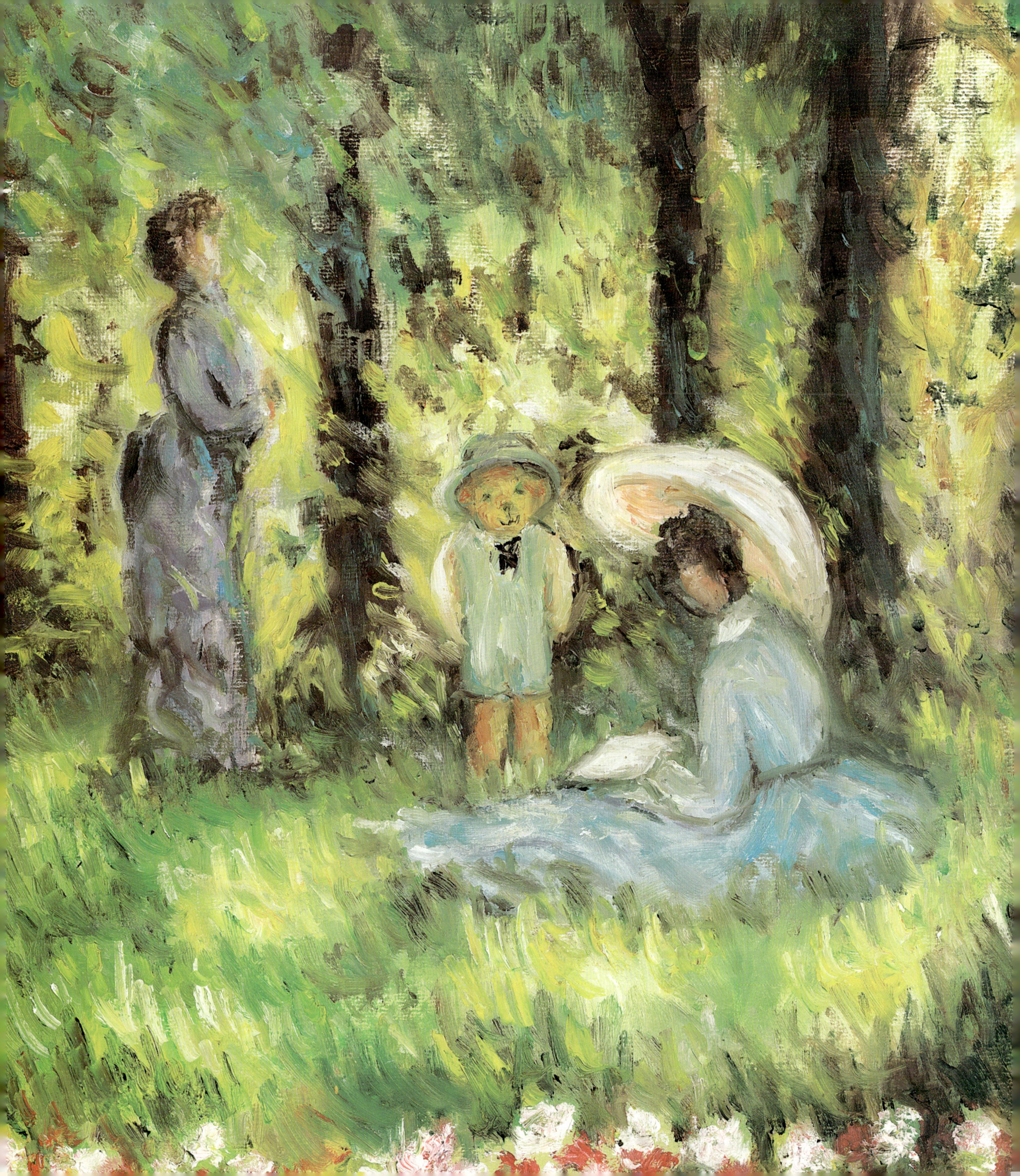

Allongé dans l'herbe, Claude regardait la lumière jouer
dans les feuilles des arbres.
« Le soleil, l'ombre, le vent... murmura le petit ours.
Ils font changer les couleurs. »

Cela aurait pu durer toujours, mais sa mère annonça un jour :
« Claude, nous quittons Paris. Nous allons habiter au Havre,
au bord de la mer. »

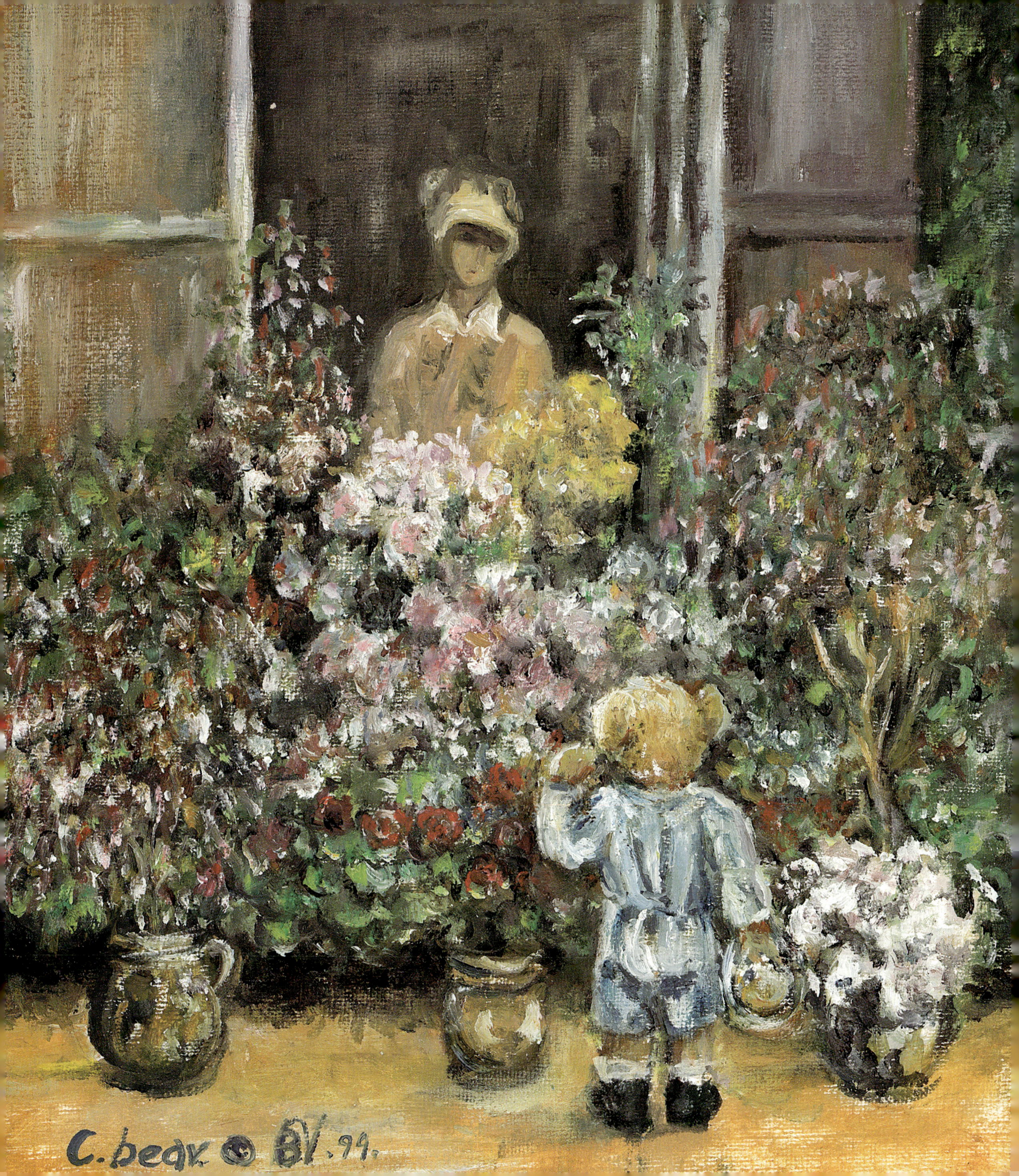
C. bear © BV. 94.

Alors le petit ours dit adieu
à ses jouets d'enfant et à son jardin adoré.
« Au revoir ! s'écria Claude. Je vais voir la mer. »

À la gare, un train énorme sifflait
en crachant des panaches de fumée.
« En route ! » cria Claude.

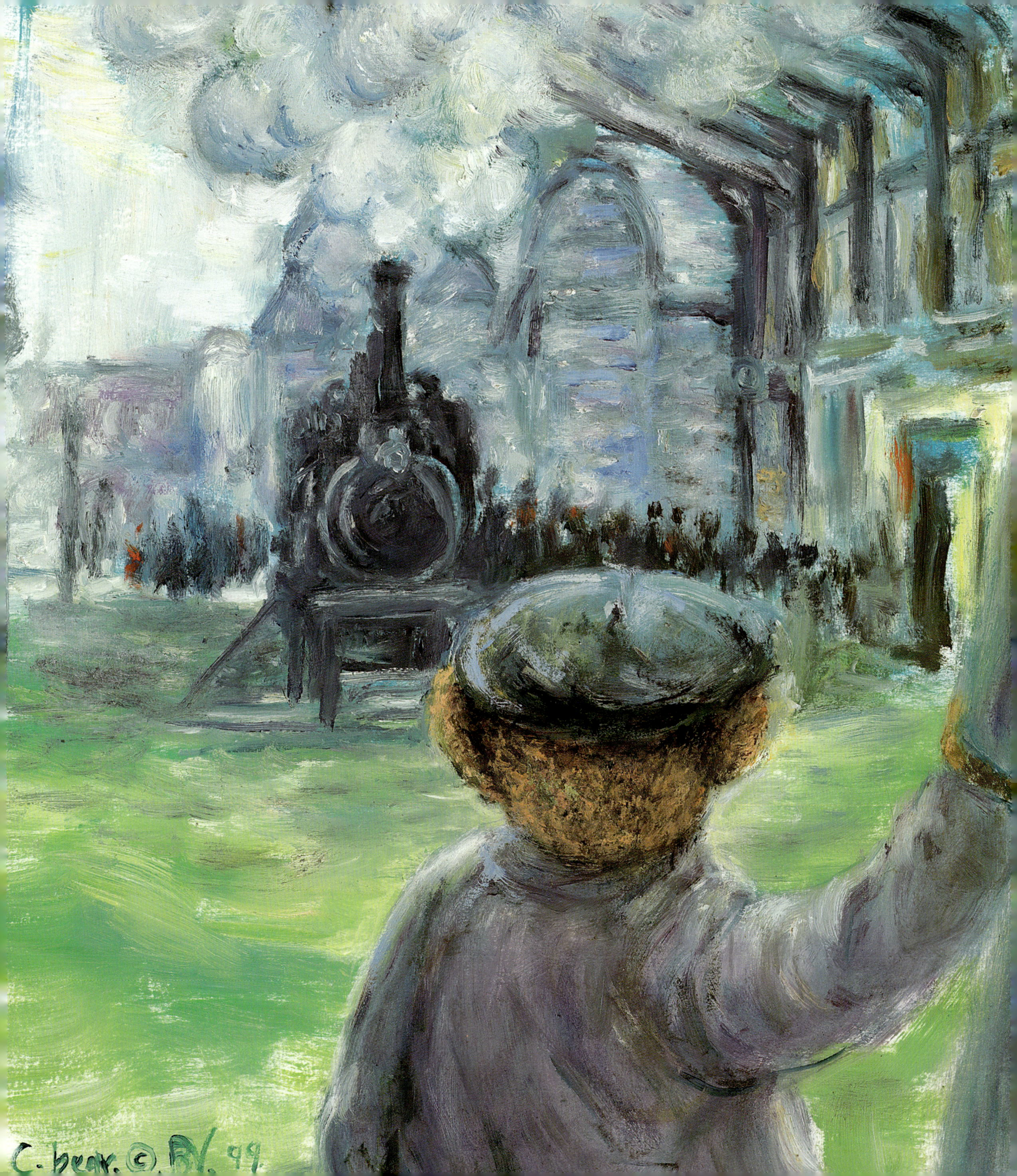
C. bear. ©. RV. 99.

La ville de Paris disparut bientôt à l'horizon,

et laissa place à la campagne.

Ils arrivèrent au Havre, que l'hiver avait recouvert de neige.
« Il fait froid, ici », constata Claude en descendant du train.

Une carriole les conduisit à leur nouvelle maison.
C'est là que Claude allait grandir.

Sur le chemin de l'école, le petit ours donnait des coups de pied
dans la neige en s'écriant : « On dirait des étincelles de lumière ! »

En classe, déjà, il dessinait ses professeurs !
Les portraits étaient si ressemblants que Claude commença
à en vendre aux marchands du coin.

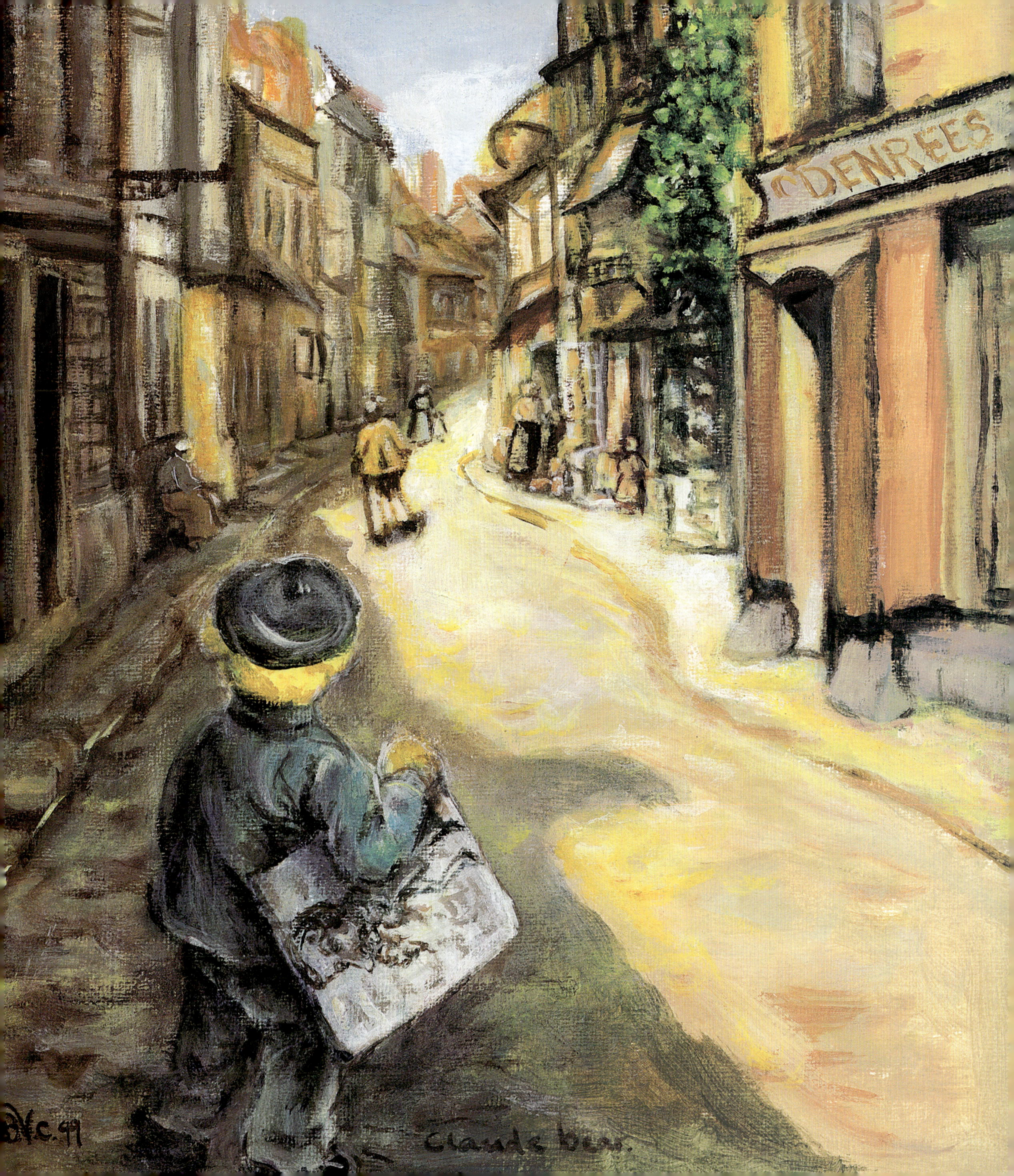
DENREES

Claude se mit à peindre de plus en plus.
Son professeur et ami Eugène Boudin lui dit un jour :
« Va à Paris, Claude ! Et pars à la découverte du monde... »

Alors le petit ours quitta Le Havre, la mer et ses voiliers.
« À Paris, je deviendrai un grand artiste », se dit-il.

Quand Claude arriva à Paris, c'était jour de fête.
Les drapeaux claquaient au vent et la foule
se pressait dans les rues. Le petit ours sourit.
« On dirait presque que cette fête est pour moi ! »

Claude se mit aussitôt au travail.
« Voulez-vous que je fasse votre portrait ? »,
demandait le petit ours aux gens qui pique-niquaient dans le parc.
« Avec plaisir ! », répondaient-ils.

Parfois, Claude peignait seul. Il aimait saisir le calme reflet
du lever du soleil sur le port.
« J'aime l'ombre grise des bateaux sur le ciel orangé »,
pensait le petit ours.

La Seine lui offrait aussi l'ombre et la lumière.
Et il peignait encore...

Claude loua un jour un petit bateau.
« Ce sera mon atelier », déclara-t-il.
Et, bercé par le clapotis de l'eau, il y peignait les hauts peupliers.

Mais le petit ours voulut découvrir le monde.
« Je veux voir la lumière jouer sur des paysages lointains ! » s'écria-t-il.
Il partit d'abord pour la Hollande, ses moulins et ses canaux.

Puis ce fut l'Angleterre, ses ponts enveloppés de brouillard
et ses monuments au coucher du soleil.

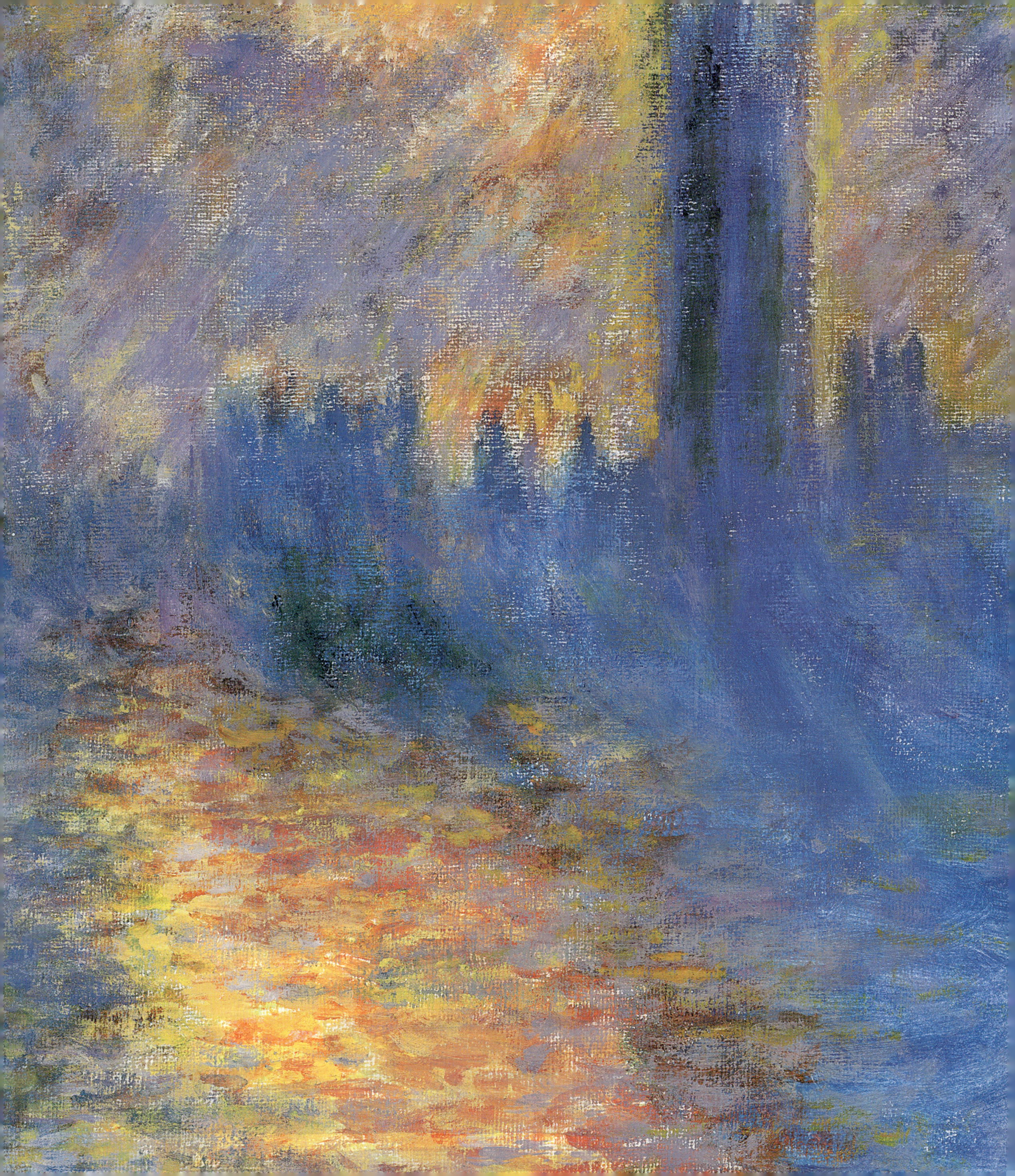

Claude voyagea ainsi, des côtes où la mer déchaînée
se brisait sur les rochers en une infinité de couleurs,

jusqu'à Venise où les gondoles se reflétaient
dans les eaux calmes des canaux.

Les voyages de Claude le ramenèrent chez lui, en France.
Il retrouva les campagnes paisibles.
« C'est ici que je veux poser mon sac », déclara-t-il.

Découvert par hasard, le village de Giverny lui plut aussitôt.
Il y acheta une grande maison au jardin immense.

Claude passa plus de trente ans à embellir son jardin.
Il fit creuser un bassin, construire un pont,
planta des arbres et des milliers de fleurs.
Et il peignit sans relâche cette nature
où les nymphéas se reflétaient dans l'eau.

Devenu un vieil ours connu dans le monde entier,
Claude ne quitta plus Giverny. La lumière et les fleurs,
qu'il avait tant aimées, vivent toujours dans ses tableaux.